# 사랑하지만 그럴 수 없다

# 사랑하지만 그럴 수 없다

김지연

마음세상

인생의 이면은

마음과 현실이 달라서 생기는 모순으로

만들어진다

그는 나의 마음을 알아차리고
나에게 사랑한다고 말했지만,
동시에 그럴 수 없다고 말했다.

나는 그를 가질 수 없지만,
그는 내가 떠나는 것을
용납하지 않는다.

'사랑하지만 그럴 수 없다.'

내 인생을 통과했던
단 하나의 명제

나는 '그럴 수 없다'에
밑줄을 긋는다.

첫눈에 반해서
가슴이 화산처럼 터져서 그만
사랑한다고 전해버렸다.
꽃을 보고 아름다고 말해주듯이
당신을 보고 사랑한다고 말했다.

'사랑한다'는 글 한 줄이
생각지도 못한
태풍을 만들었다.

바람이 너무 세게 부는데
어떻게 해야 할지 모르겠다.

모든 것은

'사랑한다'는 글 한 줄 때문에

일어났다.

Chapter 1.

## 태풍이 분다

Chapter 2.

## 진심이면 이루어지고 소중히 여기면 잃지 않는다

Chapter 1.

# 태풍이 분다

# 화가 난 '나의 첫사랑'

## 그의 미소

그의 미소를 보았다.
지금도 기억이 난다.
편안함을 느끼게 해준 그 따뜻한 미소.

처음에는 원래 친절하고 다정한 사람이라고 생각했는데
그가 아무나에게 그렇게 웃어주는 게
아니라는 것을 알게 되었다.

나에게 반했을 때
남자가 어떤 표정을 짓는지
오랜 세월이 지나서야 깨닫게 되었다.

그는 나를 피어나는 꽃처럼 바라보았지.
아마도 그를 사랑한 건 그때부터였던 것 같다.

## 고백이라는 죄의식

어느 날 나에게는 사랑이 왔고
서툴고 직관적이던 나는 그냥
사랑한다고 글로 전하고
홀가분하게 떠나버렸지.

불타는 짝사랑 속에서 내가 정말 다 타버릴 것 같아서
복잡함에 시달리다가
사실 마음을 정리해 보려고 쓴 글이었다.

비밀이 탄로나듯 드러내고 나니까 속시원해져서
뒤돌아보지 않고 갈 수 있었다.

읽은 사람 심정은 어떤지도 모르고
그냥 내 마음 편하자고 했던 행동이
무책임하고 큰 잘못인지 몰랐다.

## 사랑은 분명히 있었다

마음으로만 존재하고
행동이 되지 못했던
사랑.

거절되었지만
밟아도 꺼지지 않는 불처럼
사랑은 존재한다.

그게 마음대로 되면 사랑이 아니지.

사랑은 분명히 있었다.

## 그저 짝사랑이었는데

혼자서 누군가를 마음대로 좋아하고
그리고 훌쩍 떠나버리고
오직 내 감정에만 충실해서 배려심 없었던 나는
어느 날 미움으로 돌아온 사랑을 보고
처음에는 분노하고 나중에는 처연하고
문득 당신을 생각하며
언젠가 버렸던 또 다른 나 자신을 만나.

내가 좀 제멋대로지만 사랑이 잘못은 아닐 텐데.
깨닫는데 이십여 년
누가 날 좋아하면 기분 좋은 일일 거라고
당신이 가끔 내 생각하면 재미있는 추억이라고
웃어 넘길 줄 알았는데
그때 대형사고 친 줄도 모르고 살았다.

## 남자의 정원

나를 좋아한다던 그 사람
하지만 그럴 수는 없다던 그 사람
내가 자기 곁을 떠나고
다른 이를 만난 것을 용납할 수 없어
엄청나게 나를 미워한 사람

한번 정한 건 다시는 안 바꾼다고 했으면서
나도 잊는데 힘들었고
외로웠는데
어째서

버림 받고 밟히고
시든 꽃처럼
가끔 당신을 생각하며 눈물을 흘려

사라진 꽃은 사계절 피어 있어.

나는 당신의 정원
어느 후미진 구석에
보이지 않는 꽃으로 피어있겠지.

그 꽃이 지는 걸 보면서
당신은 감동하겠지 .

# 사랑이 있던 자리

나는 선택받지 못해
당신에게
고마운 사람이 될 수 없지만

나는 그냥 영원히
사랑했던 사람으로.

그리고 용서할 수 없는 사람으로.

# 변하지 않는 생각

생각이 행동이 되지 못하자
영원한 생각으로만 남아
어느 날 내 삶에 불쑥 찾아왔다.
정말 아무것도 변하지 않았다.
모든 것은 시간의 흐름에 따라
퇴색되는데
어떻게 아무것도변한 것 없이
예전 그대로인지.

당신이 소중히 여기는 것을 보고
그게 페르소나라는 것을 알면서도
불쑥 질투심이 생기는 것을 보면,
나의 마음도 어쩌면.

## 외로움이 주는 고통

나는 나와 만나줄 수 있고

같이 밥도 먹고

커피도 마시고

영화도 보고

그렇게 데이트도 하고

가까이서 함께 살아갈 사람을 원했어.

그러니

외롭게 그냥 바라보기만 하는

사랑을 계속 하는 건

나에게 너무 어려운 일이었어.

# 그는 나의 반댓말이다

내가 그를 사랑하는 것과
그도 내 마음과 비슷했는데
사실 우리는 비슷한 점이 거의 없다.
성향도 다르고
가치관도 다르고
모든 것이 다르다.
그는 느리고 나는 빠르고
그는 어울리기를 좋아하고 나는 독립적이다.
심지어 그는 신념적이고 나는 타협적이다.
그는 한 길만 가고 나는 변화무쌍하다.

아무리 봐도 그냥 싸울 일밖에 없다.

그는 나의 반댓말같은 사람인데
그냥 사랑했을 뿐이다.

사랑을 행동으로 옮겼다고 한들
서로 다투고 괴로워하고
헤어지고 미워하는 결말이 눈앞에 보인다.

행동이 되지 못한 생각은
일어나지 않은 미래를 차단해서
영원히 아름답게만 만든다.

아름다움의 조건은
아쉬움과 미완성이다.

이루어지지 않은 사랑이
실제 예상되는 비극보다
훨씬 작은 비극이다.

## 태풍의 윤리학

태풍이 불면 그를 생각해
처음엔 그가 왜 태풍인지 몰랐는데
세상 많은 어휘 중에
왜 하필이면 태풍이었는지 이제 알게 되었다.

자상하고 따뜻했던
그의 본질은
자기 도리를 다하고
강하고 윤리적이고
순결하고 변치않는 바람.

빈말 같은 건 할 줄 모르고 마음도 안 바뀌고
매사 진실한 사람.

태풍, 내가 가장 좋아하는 시인.

## 다투면서 좋아하다니

우리는 서로에게 아무것도 아니었으면서
어떤 특별한 관계도 아니었으면서
나는 당신에게 무례하게 고집 부리고 틱틱거리고
그럼에도 가끔 내 눈치를 보며
내가 듣고 싶은 말을 억지로라도 하는 당신이
재미있었다.
게다가 당신은 나를 째려보면서
본인이 싫어하는 것을
내가 좋아해서는 안 된다고 강요하기도 했다.
다시 생각해도 재미있다.
왜냐하면 아무도 나한테 그러지 않았으니까.

당신은 정말 너무 매력적이다.

# 어차피 시키는 대로 안 합니다

당신은 나에게 겉멋이 들지 않기를 충고하며
경험이 중요하며
나에게는 많은 경험이 필요하다고 말했지.

그런데 좀 있다가 다시 와서는
많은 경험을 할 필요가 없다고 말했지.

아니, 아까 한 말하고 다르잖아요.
눈빛과 말투는 그 사이 왜 바뀌었나요?
뒤에 하는 말이 진심인가요?

지금 생각해도 웃음이 나온다.

# 새침하다

당신은 일단 처음에는 항상 거절해.
알았다고 돌아서면
다시 와서
듣고 싶은 말을 해준다.

그러고보니 내가 그걸 왜 몰랐지.

원래 처음에는 거절을 하는데.

그래도 처음 거절했을 때 그게 전부인 줄 알고
돌아선 게 어쩌면

# 마지막

당신과 나의 마지막 대화는 통화였지.
내가 멀리 다른 곳으로 가게 되었다고 말했을 때
당신은 내가 어디로 가는지 이미 알고 있었지.
당신의 다정하고 부드러운 목소리.
당신이 가지 말라고 했으면 아마도 안 갔을 거야.
더 말을 잇지 못해서 전화는 끊어졌어.
우리가 마지막으로 만난 게 언제였더라.
작별인사를 할 때는
그래도 만나서 좀 더 예를 다해야 했는데.
내 마음 다 들켜서 그러지 못했어.

나의 마음은 얇은 유리잔처럼
사랑이 넘실넘실 쏟아질 듯이 난간에 서서
작은 바람에도 깜짝 놀라며 그렇게 나는 떠나갔지.
이것이 순리라고.

# 나의 빈자리

내가 떠났을 때
내가 귀찮았던 그는 처음에 홀가분했고
이후에 좀 괘씸했고
나중에는 궁금하고
약속하고
보고 싶고
그랬을 것 같다.

떠난 사람을 돌아오게 하는 방법은 없다.

지켜야 할 것들
도리를 다해야할 것들
모든 것은 언제나 제자리에 있지만
마음은 그렇지 않다.

# 당신의 슬픔

내가 사라진 뒤에도
당신은 끈질기게 내 소식을 들었던 것 같다.

내가 다른 이와 결혼해서
당신은 아마도
많이 슬펐던 것 같다.

내가 쓴 글이 다 거짓말 같고
나를 위선자이며 속물이라 비웃기도 했겠지.
진짜 사랑해서 한 결혼은 아닐 거라고.

진짜 사랑이란
시 속에나 있는 것이니까.

# 슬픔을 대하는 예의

나는 당신을 잊을 때
버리듯이 잊었어.

그게 내 잘못이었어.

그래도 간직하면서 그렇게
조금씩 잊었어야 했는데.

'그럴 수 없다'가 끝인 줄 알았는데.

# 미안해

당신은 나에게 무척 화가 났겠지만,

당신을 용서해.

어떻게든 벌을 주고 싶었겠지.

내가 당신에게 사랑받는 방식은 벌이구나.

아프게 해서 미안해.

모든 것은 나 때문이었으니까

당신을 용서하기로 했어.

당신이 혼자 힘들어하고

나를 미워했는지 몰랐어.

# 사람이 잊혀질까?

너무 긴 시간이 흐른 뒤에
갑자기 연락하면 참 생뚱맞은데
그래도 연락은 잘했다.
시간이 주어졌을 때
그리고 내가 비로소 인식했을 때
얼마나 세월이 흘렀든 그래도 말하고 싶었다.
적어도 당신이 내게 잊혀진 사람은 아니란 걸
당신이 알게 되었을 테니까.

답장 같은 건 기대하지도 않았지만
사실 나는 당신에게서 잊혀지고 싶지만
당신의 무응답을 겪어보니
아직 안 잊혀진 것 같다.

이제 그만 용서해줘.

# 당신의 존재론

가끔은 당신이 몹시 미운데
당신이 보고 싶고
언젠가 시간이
당신을 데려갈까봐 두려워.
당신이 행복하면 배아픈데
당신이 속으로는 힘들어할까봐 두려워.

어째서 만나지 않는데도 마음이 느껴지는 건지

어차피 다시 볼 수 없지만
어딘가에 있는 것과
어디에도 없는 것은
다른 거야.
언제나 그 자리에 있어줘.

## 사랑의 온전함

이루어지지 못해서
긴 시간
사랑으로만 남았다.

원래 사랑은 변하는 건데
경험이 된 사랑보다
아쉬움과 함께
이루지 못한 사랑은
방치되면서 변하지 못한다.

## 사랑한다는 글

사랑한다는 글은 함부로 쓰는 게 아니다.
당신이 얼마나 예민한 사람이고
섬세하게 읽는데.

그냥 그때 감정에 맞게
사랑한다고 썼을 뿐인데
그 글에는 책임이 따랐다.

시간이 흘러도 영원히
마음이 바뀌지 않을 자신이 있을 때
사랑한다는 말을 하는 것이다.

그 말은 지키지 않으면 배신이 된다.

내가 배신자라니.

## 당신을 지우고

한때 사랑했지만 정리한 사람이
훗날 태풍이 되어 내 인생을 흔들고 비를 뿌렸다.
내 나름대로 방황하면서 살던 탓에
그 사실을 인식하는데 오래 걸렸다.

마지막에는 쿨했으면서
나중에 그렇게까지 해야 했나 싶었는데
그 사람이 얼마나 날 사랑했는지
그 깊이감이 느껴져서 그냥 용서하기로 했다.

그리고 긴 시간 그를 잊고 산
나의 삶을 돌아보았다.

새침한 그는 절대로 직접적으로

나에게 어떤 말도 하지 않는다.

아마도 내가 모든 것을 스스로 깨닫길 바랄 것이다.

문득 그가 왜 그랬는지 알게 되었다.
아무것도 안 하면
내가 그냥 다 잊게 되어서.

그는 내게서 잊혀지기 싫었던 것이다.

나도 문득 내가 그를 얼마나 사랑했는지
떠올려보게 되었다.

그를 무의식의 저편으로 보내놓고
사랑 같은 건 없다고 생각하면서
다른 이와 데이트를 하고
나에게 무수한 새로운 기회를 주면서도
진짜 사랑하는 사람을 찾지 못했던 건
아마 그런 이유였나 보다.

# 마음을 응시하는 일

나도 몰랐다
나도 살면서
누군가에게 상처를 주고
나 때문에
다른 사람이 아파했다는 것을

정말 몰랐다.

## 바람은 모르는 척

이상하게 그는 나에게 말을 걸지 않는다.
모르는 사람처럼
절대로 나와 대화하지 않는다.
어쩌다 마주쳐도 그는 모르는 척 못 본 척
지나갈 것 같다.
그는 내 주변에 바람처럼 머문다.
그리고 나의 운명에 관여했다.
먼저 말을 걸어도 그는 대답하지 않는다.
아마도 그는 내게 하고 싶은 말을
다른 사람에게 할 것 같다. 열변을 토하듯이.
이런 것도 대화일까?
그에게 나는 다시는 만나지 않을 사람.
그는 내가 한때 사랑했던 사람이다.
그는 나에게 아무 말도 하지 않는다.

# 사랑이 상처가 되는 과정

누가 나를 사랑한다는데
사랑을 받아줄 수 없어도
그 사랑이 떠나가거나
변심한다는 것은
참을 수 없는 상처가 된다.

사랑한다는 말도
무책임한 말일 수 있다는 것을
처음으로 알게 되었다.

## 언행 불일치의 과오

사람은 자기가 한 말을 지키고 살아야 한다.

사랑한다고 했으면

그 말을 지키고 살았어야 했다.

## 허전함

나를 좋아했던 그 사람이

이제는 나를 떠나간대.

그리고 다른 사람이 생겼대.

속물처럼 얄밉게 잘 먹고 잘 산대.

그 사람, 고작 그것밖에 안 되는 사람이야?

어떻게 사람이 그래?

그럼 나는 그 사람을 용서할 수 있을까?

겨우 사랑하는 마음에 벗어났는데 나쁜 사람이 되었다.

너무 기분이 이상하고

속상하고

섭섭하고

그런 일은 꼭 있다.

사랑이 끝났는데

아무 일도 없을 수 없다.

# 사랑

누군가를 사랑하는 건
무서운 일이다.

그게 진심이라서
정말 무섭다.

태풍이 용서를 구한다고 멈추고 사라질까?

인간의 마음도 자연재해처럼
마음대로 멈추지 못한다.

## 사람과 사람이 만나면

사람과 사람이 만나면 무슨 일은 반드시 생긴다.

사랑은 어떤 식으로든 생기고
그 흔적은
인생을 따라다닌다.
사소한 인연이라도 인사없이 가면 섭하다.

아니라고
아무 사이 아니라고
조금도 마음이 없는 것 같아도
아니다.
무의식은 다 알고 있다.

잃고 나면 슬픔이 오고
그게 진실이다.

# 뒤돌아서서 간다

선택받지 못해서
거절당해서
떠나갔던 나의 발걸음은 가벼웠다.

선택받으면 한 자리에 갇히지만
선택받지 못하면
자유롭게 어디로든 갈 수 있어서.

## 나의 첫사랑

당신은 내가 진정성이 없다고
아마도 침을 뱉었겠지만,

나는 정말
당신을 사랑했다.

## 감정이라는 풍경

감정을 속이는 것은
어리석은 일이다.

감정이 찾아왔다면
그 향기를 맡고
그 촉감을 느끼고
그 소리에 귀를 기울인다.

## 완성하지 못한 숙제

사랑하지만
그럴 수 없다.

하지만
지금 사랑하고 있으니
너는 나를 떠날 수 없다.
다른 사람을 사랑하는 것도 안 된다.

너는 오직 나만을 사랑해야만 한다.

사랑이란 태풍처럼
힘이 세서 모든 것을 흔들고
세차게 비를 뿌리지만
인생의 뜨거운 여름 날
잠시 왔다 가는 것이다.

긴 세월이 흐른 어느 날
알게 되었다.

사랑하지만
'그럴 수 없는' 진짜 이유를.

당신이 현명했다.

당신이 옳다.

Chapter 2

# 진심이면 이루어지고 소중히 여기면 잃지 않는다

잃어버린 것들은 다 어디로 갔는가

## 사람은 왜 글을 쓰는가

진짜 하고 싶은 말이 있는데
들려주고 싶은 사람에게는
직접 해줄 수가 없다.

때를 놓치고
이제는 의미가 없고
다시 볼 수 없어서

그러니 그 말이 시가 되고
글이 되고
진심을 담다 보니
아름다워지고
내가 나를 만나고

## 운명

이 세상에는
운명이라는 게 정말 있다.
그리고
몸부림치는 것보다
순응하는 편이 낫다는 것을 안다.
나는 매번 내가 선택하면서
살아가는 것 같지만
사실은 운명의 힘 앞에서
적절히 타협하며 살아가고 있다.

스스로 생각해낸 게
언제나 운명이기 때문이다.

## 잊혀진 것들은 영원하다

잊혀진 것들은 사라지지 않는다.

늘 그 자리에 있다.

빛바래지도 않고

사용감도 없이

매우 온전한 모습으로

떠나간 것들도 생각을 해야

다시 나타날 수 있다.

모든 것을 불러내는 건

사람의 마음 속에 있다.

# 걱정 마요

당신이 걱정하는
그런 일들은 일어나지 않아요.

사는 게 지치고 힘들면
허무맹랑하게 불가능한 일이
일어날 것 같은 기분이 들어요.

# 벌

너에게 상처 준 그 사람
반드시
언젠가 벌 받는다.
지금 네가 나서지 않아도
세월이 흐르고
잊고 살다 보면
그 사람은 벌을 받아서
사라져 있다.
왜냐하면 이 세상에 근본적으로
필요없어진 사람이라서.

장사 안 되는 가게 문 닫듯이
필요없어진 사람도 사라지는 것이다.

# 자정작용

혼탁한 물이 시간 지나면
맑아지듯이
모든 것은 결국 순리대로 돌아간다.
그러니 선한 마음으로
소신있게 살아야 하는 것이다.

# 오만

오만함은 사람을 미치게 한다.

인간이 오만해졌을 때는
마음 속 악마가 가장 활성화된 시기다.
그래서 양심 없고 뻔뻔해진다.

그런 사람에게
이 세상이 주는 복은 없다.

# 기분 좋은 상상

지나간 시간 속
행복했던 시간을
가끔씩 떠올려보는 습관.

지금 생생히 느끼는 기분까지도
과거로 돌아간 것 같아

꽤 좋은 습관 같다.

누구나 생각이나 상상이라는
타임머신을 타고
과거로 갈 수 있다.

오직 나 혼자 갈 수 있는 여행.

## 성의

무슨 일이든
성의껏 하면
모양이 좋다.

몇초만 더 생각하고
더 움직이면 된다.

# 그 사람이 아픈 건 나도 싫어서

그 사람에게 내가
또 만나고 싶은 사람이 되려면
내가 하고 싶은 말을 하는 게 아니라
그 사람이 듣고 싶은 말을 해야 한다.
내가 하고 싶은 말만 하면
그 사람에게 상처가 될 수 있다.
좋아하는 사람에게는
쉽게 상처 줄 수 없다.
그 사람이 떠나갈 것이 두려워서
같은 말이라도 바꿔서 돌려서
그렇게 하게 되어 있다.

직설적인 말은 사실상
관계의 종말을 의미한다.

## 나는 왜 존재하는가

내가 뭔데 남한테 상처를 줘.

나는 남을 위로하기 위해 존재해.

# 말

못된 말 내뱉기 전에
분명 헤어지고 싶었을 거다.

항상 말하기 전에
확 다 끝내버리고 싶다는 욕망이
불쑥불쑥 찾아왔을 것이다.

그 사람이 나를 잃는 것만 생각하고
앞 뒤 없이 내지르면
나중에 내가
그를 잃었다는 것을 깨닫게 되어
후회하게 된다.

## 모두의 마음

누군가와 헤어지고
후회하지 않는 사람은 없다.

## 벌

버림받는 건
일종의 형벌인데
사실상 벌을 주는 사람도
같이 받는 것이다.

버림받으면
사실 마음을 돌릴 기회를 주는 것인데
그럼 나는 이제 끝이구나,
그냥 새로운 길을 찾아서 가곤 했다.

벌이 언제나 인생의 새로운 기회였으니
과거로 돌아가는 일이 없었다.

## 곁

봐도 그만
안 봐도 그만인 사람에게
거슬리는 말을
세 번 이상 들을 필요는 없다.
그 사람이 말하기 전에
곁을 내주면 안 된다.
옆에도 못 오게 해야 한다.

## 내가 응원한다

널 힘들게 하는 그 사람
사실 아무것도 아니야.
그러니
기 죽지 말고
힘내.

# 어떤 인사

사람들은 가끔
미안하다는 말 대신
고맙다고 말한다.

# 내가 먼저 잊어야 한다

괜찮아.

사랑은 또 온다.

네가 다 잊어버렸을 때

그 사람은

네 생각나서

속앓이한다.

네가 다 잊어야

그 사람 가슴이 아프기 시작할 거다.

잊혀진 사람 되는 건

진짜 눈물겨운 일이다.

## 당신의 윤리

당신은 당신을 위해
희생하고 헌신한 사람에게
등돌리지 않는
따뜻한 사람.

## 당신을 이해해

당신은 나를 밟아주고 상처를 주었지만
나는 당신을 이해해.

사랑하지만 그럴 수 없는 당신은 얼마나 괴로워겠어.

모두 나 때문이야.
마음은 마음대로 안 된다.
언제나 사랑도 시도 뜻하지 않게 온다.

내게는 마음의 고통이란 게 있어서
늘 도망을 다녔어.

정말 미안해.

# 작별인사

한때 가까웠으나
인사 없이 멀어진 사람을 떠올린다.
그래도 작별인사를 성의있게 할 걸
후회가 되었다.
사람들이 시간 내서
송별회를 하는 데는 이유가 있다.

언제나 사람은
마지막을 기억한다.

## 인연

어떤 말을 하느냐에 따라
어떤 결정을 하느냐에 따라
어떤 태도를 보이느냐에 따라

인연이 계속 될 수도 있고
끝날 수도 있다.

인연이 끝나는 방향의 문맥과 어휘를 주의하라.

한번 정해지면
아무것도 되돌릴 수 없다.

## 왜 웃고 있어?

오래 만나서

단지 그 이유로

거슬리는 말

마음에 안 드는 태도

다 참고

웃어주고 어울리고

그러고 있어?

다시 새로운 사람 다시 못 만날 것 같아서

혼자 되느니 좀 참으면 되어서

속으로는 깊이 실망하고서도

아무렇지도 않은 척

그렇게 웃고 있는 거야?

그 사람은 마음이 다 식었는데

혼자 모른 척하고 있으면 다 되는 건가?

## 불이익

나한테 불이익을 주고도
나와 함께 하려는 사람들이 있었다.
내가 자기 입맛에 맞게
또다시 노력할 거라는 기대감과 함께.

그럴 경우에 나는  차근차근 떠날 준비를 한다.
그리고 때가 오면 진짜로 떠난다.

내쳐지고 나면 원래 내 자리는 없는 것이다.
아니다 싶은 것에는
시간과 감정을 내어주는 것이 아니다.

불이익을 줘놓고 사람을 스스로 떠나게 해놓고
나를 미워할 때는 어이가 없다.
잘해줘야 네 곁에 있는 것이다.

# 고마워

우리가 만났음에 감사하고
서로 웃으며 함께 보낸 시간이 즐거웠고
사랑을 느끼며
행복으로 이어졌던 인연에
고맙다.

# 인연

이제는 순간적인 감정으로
연락처를 지우거나
차단하지 않는다.

어차피 나중에 차단도 풀 것이고
연락처를 다시 찾느라 애먹는다.

결국에는 그리움이란 게 찾아오고
어찌 사는지 궁금해지고
만나보고 싶어진다.

이 세상에는 시간이라는 게 있어서
삶이 유한해서

## 관둬

지금 힘들어?
못 견디겠어?
그럼 그만둬.
죽고 싶을 만큼 힘들면
죽지 말고
그냥 그만둬.

또 인생의 길은 열려.

## 또다른 길

걷던 길을 갑자기 잃게 되면
신기하게 또 다른 길이 생겨.

아마 새로운 인연을 만나려고
그렇게 끝났었나봐.

# 나라는 사람의 의미

나는 널 소중하게 생각해서
너와 멀어지는 걸 두려워했는데

놀랍게도 너도 그랬다.

내가 너한테
소중한 사람이었구나
잃고 싶지 않은 사람이었구나.

## 괜찮다

널 원망하지 않아

그냥 네가 나로 인해

마음을 쓰게 해서

미안할 뿐이야.

# 이유 없는 일

사람은 그 자체로 좋아야 해.
이유가 있으면 안 돼.

그래야 돌아설 일도
후회할 일도 없어.

## 인과관계

원인이 떠나야

비로소 결과가 온다.

어떤 일의 결과가 벌어졌을 때는

오래 전 원인이 존재했기 때문이다

갑작스러운 일이 일어나면

그 일을 해결하기 전에

원인부터 찾는다.

생각보다 멀리 가지 못한 원인은

언제나 낯선 사람처럼

처음 보는 얼굴을 하고 있다.

## 통화

몇년만에 친구에게 전화를 걸었다.

친구는 어제 본 사람처럼

반갑게 전화를 받았다.

나의 마음이 지구 밖을 떠나서

암흑공간을 떠도는 동안에도

언제나 한결같이 사계절을 품은

그 친구의 마음이 놀랍다.

# 기다림

기다리지 않으니
기다리던 일이 생겼다.

# 거절

좋은 일이라도
나와 어울리지 않으면
하지 않는다.

# 나가는 문

나는 어떤 일을 할 때
그 일의 문을 열어넣고 그 일에서 나올 문도 열어둔다.
그리고 적당히 그곳에서
내가 몸 담고 있으면서 열정과 권태를 누리고 나면
슬며시 빠져나온다.
로그인, 로그아웃 같은 거다.
들어가고 나올 때의 달라짐을 느끼면서
내가 얼마나 성장했는지 가늠해보며 뿌듯해한다.
그런데 내가 나간 자리에서
함께 한 이의 원망을 들을 때가 있었다.
같이 있다가 없어지면 배신으로 생각하는 이들도 있다.
사랑이란 자유를 억압한다.
사랑이 없으면 뭘 하든 자유라고 인정받지만
사랑이 있으면 다르다.
사랑했는데 없어지면 그건 배신이 된다.
사랑이 끼어들면 작별이 없다. 오직 배신만 존재한다.

# 사랑한다고

내가 그를 다시 만난다면
나는 그에게
사랑한다고 많이 말해줄 것이다.

눈이 마주치면 사랑한다고
헤어질 때도 사랑한다고
시도때도 없이
사랑한다고 많이 말해줄 것 같다.

듣는 사람은 어떨지 몰라도
말하는 사람은 그게 정말 행복하다.

실컷 사랑한다고 말해주고
나중에 나쁜 사람이 되더라도
그가 절대로 나를 잊을 수 없게

# 내가 싫다면서?

내가 싫다고 해놓고
내가 새로운 인생을 시작하니까
그게 섭섭하고
내가 밉다고 하는 게
정말 이해가 안 된다.

내가 싫다며?

싫은데 사실 좋아하는 게
불행의 시작같다.

아니, 좀 기다리면 그 싫은 감정만
사라지는데

# 사람의 마음

사랑을 저버렸으면서
그 사람이 새로운 사랑을 찾거나
아님 혼자서도 잘 살 거나
혹은 내가 이제 그 사람에게
잊혀지는 게
왜 싫은 건지
참

누군가에게 사랑받았다는
기분 좋은 기억

# 마음의 본질

마음이라는 것도
살아있는 세포로
냅두면 상하고 변한다.

상온에 내놓으면 상하는
우유나 요거트처럼

아무것도 아닌 처음으로 돌아가기 위해
부패하고 분해된다.

플라스틱 같은 무생물이 아니다 .

# 결례

나도 모르는 사이

내가 남에게 상처를 줬는데

진짜 어떻게 해야 할 지 전혀 모르겠다.

# 이유

모든 일에는 이유가 있지만

그 이유는 저마다 다르다.

이유를 관심있게 봐야 한다.

그것의 본질은 미래에 있다.

## 순결한 여자

순결한 여자는
언제든 떠날 수 있고
잊을 수 있다.
얼마나 사랑했던지
그 사랑이 깊이가 어떻든
순결한 여자는 떠날 수 있고
돌아보지 않는다.

당신은 내 손 한번 잡아주지 않았지.
혼자서 바른 척 하느라
나의 외로움을 알아주지 않았지.

# 물고기의 뒷모습

잡힌 물고기는
이제 바다를 떠돌지 않아서 좋다.
한 사람만 바라볼 수 있어 좋다.
믿음과 사랑이 있으니
다 가진 셈이다.
이제 전부다.

미끼가 뭐가 중요하나 싶다.
오히려 자신을 가둔 틀이 무너질까봐
두려워하면서.

# 인연

너의 마음이 내 마음과 같지 않을 때
나는 너를 내려놓아야 할지
모르는 척 해야 할지 몰랐다.
너는 아니라서 거리를 두고
내 갈 길을 가더라도
끝내는 다시 네 생각이 나.
중간중간 멀어지는 건 큰 의미가 없음을
깨닫게 되었다.

우리는 다시 찾게 되어 있고
만나게 되어 있다.

# 인연의 매듭

아무리 마음에 안 들어도
결별이라는 것은 할 필요가 없다.
그건 괜히 기분만 상하는 것이다.
귀찮아도 가끔씩 안부를 전하고
연락를 하는 게 힘든 일인가?

사실 누구도 이별을 원하지 않는다.

병처럼 찾아오는 고립감에
그 사람의 연락처를 지우는 건 바보 같은 짓이다.

마지막이라는 건
함부로 입에 올리는 것이 아니다.

누구든 크고 작은
아주 사소한 이별도 싫어한다.
모든 것이 허사로 돌아가는 것이 이별이다.

숨이 붙어 있으면 이어져야 할 지속성
시간이 흐른 뒤에도 생각이 나서
전하는 간단한 안부 만으로도
행복이 된다.
그 사람과 이어진 투명하고 긴 인연의 매듭.
그 매듭은 잘 풀어지지 않고 꽃처럼 아름답다.

## 보고싶다

아무 용건 없이

그냥 보고 싶어서 연락했다는 그 말이

참 설렌다.

# 나 자신

서른의 긴 여정이 끝나고
어느 날 나는 온전히
나 자신으로 돌아왔다.
가장 먼저 한 일은
과거로 돌아가
예전의 삶을 찾는 것이었다.

## 그의 침묵

내가 사랑했던 그는
멀리서 나를 미워해.
절대로 나에게 말을 걸지 않고
나에 대해서 아무것도 말하지 않아.

왜 나는 그에게 그토록 특별한 사람이 되었을까?

내가 그와 헤어져서
너무 잘 살고 있거든.
행복을 찾았거든.

그는 나를 가지려고 나를 속박하고 억압하고 괴롭혔지.
나의 불행을 바라며
내가 자기가 아니면 살아갈 수 없게

만들고 싶어했지.

나의 날개를 보면서
언젠가 날아가버릴 것 같아서
불안해하면서도
그 날개가 아름다워서 자르지 못했지.

아마도 그는 내가 헤어지고 나서
식음을 전폐하고
평생을 우울감과 그리움 속에서
방황하며 살길 바랬을 거야.

한겨울, 주인에게 버림받은 고양이처럼.

아주 강하게 내몰아야
다시 돌아올 거라는 기대도 있었을 거야.

나를 사랑해준 사람이 나를 떠나
진정 행복을 찾았다는 것만큼

침묵하게 하는 게 또 있을까.

용서한다는 말은
용서하지 못한단 말보다 슬픈 말이야.

우리는 절대로 예전으로 돌아갈 수 없고
나는 이제 그의 미소를 볼 수 없어.
이미지로 저장된 내가 반했던 그의 모습은
이제 영원한 추억으로

## 버림

누군가에게 버려지고 나서
서글픈 게 아니라
비로소 자유를 찾았다면
그럼 진짜 소망이 이루어진 게 아닐까?

모든 책임은 상처를 준 사람에게 지워지는 것이다.

당신이 냉담한 얼굴로 준 상처가
사실 이 모든 속박과 굴레에서 나갈 수 있는
출구라면
당신은 믿을 수 있을까?

## 회신

문자를 보내놓고
메일을 보내놓고
기다리는 회신

짧은 말이도
회신만큼 반가운 것이
또 있을까 싶다.

다른 사람의 마음을 편하게 해주는 말만큼
아름다운 일이 또 있을까.

# 전화

모르는 번호로 오는 전화는 받지도 않으면서
이상하게 내 전화를 받지 않는 사람에게
전화는 하고 싶어진다.

## 세월이 지나 보이는 것들

언젠가 나는 사랑한다는 말을
그때 기분에 따라 쉽게 해버린 적이 있었다.
그때는 진심이었다.
사실 나는 잊기 위해 말했고 조용히 떠나갔다.

긴 시간이 흐른 뒤에
내가 사랑했던 그 사람이 나로 인해
깊은 상처를 받았다는 것을 알게 되었다.
투명한 분노의 화살들이 먼 시간 속에서 날아왔다.
그래도 그때는 낙엽이 떨어지는 것쯤으로 생각했다.

인생의 굴곡을 지나 비로소 지나온 것을 반추하였을 때
나는 문득 나를 찌르지 못하고
바닥에 떨어진 투명한 화살들을 보면서
한동안 마음이 아프고 미안했다.

## 수많은 나

언제나 열심히 살았고

최선을 다했다고 생각했는데

나도 알고 보니

누군가에게

나쁜 사람이었다.

## 헤어지는 일

사람을 떠나보내고
혼자서 해보는 일.
그 사람과 보냈던
따뜻한 기억을 떠올리며
혼자 걸어가는 길.

무거운 그림자를 끌고 가던 나는
노을이 지는 하늘을 본다.

비껴간 햇살이 나의 그림자를
거인처럼 크게 만들고
밤이 슬며시 찾아와
길 속에 그림자를 감춘다.
나는 앞서간 사람들의 발자국을 지우며 걷는다.

## 미안하다는 말은 기분 나쁘다

시간이 흐르고 나서
겨우 한다는 말이
미안하다는 말이라면
참 어지간히도
눈치도 없고
배려심도 없었던 것 같다.

# 미소

언젠가 당신이 내게 보여주었던

환한 웃음을 기억한다.

나는 그 속에서

모든 비밀도 내려놓을 수 있을 만큼 편안함을 느꼈다.

그때 분명 무언가가 시작되었다.

아마도 당신은 그때

나를 사랑하기 시작했던 것 같다.

## 무서운 세상의 이치

기분이 좀 나빠도
후에 어떤 진실을 마주한다고 해도

지금 싸우는 것은 의미가 없다.
누가 내 마음을 알아주길 바라기에는
내 마음은 평온하고 덤덤하다.

잘못된 것은 언젠가 다시 바로잡힌다.
남한테 못되게 굴고
잘 풀리는 사람은 없다.

보고 싶은 것만 보고

듣고 싶은 것만 듣고

그렇게 편하게 살다 보니

시간이 훌쩍 지나갔다.

시간은 기존에 있었던 많은 것들을

사라지게 했다.

이제는 없어진 것들을 생각하며

어질러진 방이 청소가 된 것처럼

청량한 기분이 들어 있다.

또다시 신경 쓰지 않고 내 갈 길을 간다.

모든 존재는 잠시 있다 사라진다.

# 기회

포기하고 살았는데
어느 날
기회가 왔다.

긴 시간이 흐르고
정말 기회가 왔다.

기회는 좋은 사람과 함께 온다.

# 같은 편 되기

그는 나에게 말도 안 되는 소리를 했다
자기가 싫어하는 사람은
나도 싫어해야 한다고 했다.
그때는 어이가 없었는데
지금 생각하니 알겠다.
같이 싫어하는 척을 했어야 했다.
지금 당장 중요한 건
그의 웃는 얼굴을 보는 것.

진리는 멀리 있고
감정은 가까이 있다.

## 초능력

사람은 누군가가 싫어지면
무슨 짓이라도 다할 수 있을 만큼
대담해지는 게
흡사 초인이 된 것 같다.

기분 나쁜 티가 팍팍 나는 사람 보면
긴장하면서 바라보게 되는데
평소에는 잘 드러나지 않는
사람의 초능력이 드러날 수 있는 시점이라
대형 사고 치나 두근두근하는데
그가 이성을 되찾으면 약간 실망이 되기도?

늘 잠자코 살다 보니,
가끔 화내는 사람 보면 약간의 대리만족.

# 한 길

한 길을 쭉 걸어가는 사람이 있다
다른 길도 안 보고 쭈욱 한길만
왜 그런가 했더니
다른 길이 없어서다.

그러니 주어진 길만 가는 것이다.

## 시간

이제는 사람과 헤어지지 않으려고 한다.

갑자기 연락을 끊고

등돌리고

이별이나 결별을 고하고

그런 일은 없도록 한다.

시간이 흐르면

사람은 저절로 사라지기 때문이다.

내가 아무리 손을 꼭 잡아도

다투지 않고 사이가 좋아도

시간은 사람을 데려간다.

## 죽음

기억해야 한다.
죽음은 언제든 아주 가까이 있다.
그러니 교만하지 않고
남의 일도 내 일처럼 생각하고
착하게 살아야 한다.
그러면 순리대로 살 수 있다.

이 세상에는 정말 못된 사람
버르장머리를 고쳐놓는 메커니즘이라는 게 있다.
우쭐해서는 눈에 뵈는 게 없는 오만한 시간
겸손하지 못하고 덕이 없으면
인생은 짧없이 단축된다.

그러니 알아서 착하게 살아야 한다.

## 확신

언제나 확신은
망설임보다 안전하다.

확신을 가지고 있으면
저버리는 게 없어진다.

특히 사랑이 그렇다.

인생이란 사랑의 짜임대로 만들어지는 것이다.

## 행복은 최고의 가치라는데

나는 지금 내가 너무 행복하게 잘 살고 있어서
한때 틀어졌던 사람들과도
화해하고 싶은 여유가 있는 것이다.

문제가 생겼을 때 풀지 못하고
한계상황으로까지 갔던 그때가 아쉽다.

가능하다면 멀어진 모든 사람들과
풀고 다시 만나고 싶다.

우리는 언젠가 모두 죽지 않는가.
인생이 영원할 것 같아서
다투면 다시 보지 않고 그랬다.

행복이 주는 여유다.

반대로 불행한 사람은 남에게 상처를 주고도
미안하지 않고 모든 건 그 사람 탓이라고 한다.

행복은 사람의 가치를 귀하게 한다.

## 인생을 이끄는 진실

억지로 외우지 않아도

저절로 깨닫게 되는 것들

절대적이지 못하고

상대적이지만

결국에는 인생을 이끄는 진실이 되는

나의 편협한 오해와 왜곡

그리고 착각.

# 마음의 구조

마음에는 구조가 있다.

의식과 무의식

나는 의식의 얇은 껍데기에서

아주 이성적으로 살면서

언제나 그것이 올바르며

제대로 살고 있는 것이라 믿었다.

그외에 깊이 알고 싶은 건 없었다.

나에 대해서 대해서도 타인에 대해서도.

내 삶이 편한 정도까지만 생각하고 살았다.

사랑했지만 포기한 사람

이루어지지 않은 욕망 같은 건

모두 무의식에다 숨겨두고 다 잊은 양

처음부터 없었던 것처럼 멀쩡하게 그렇게 살아왔다.

하지만 무의식의 동력이 없이는 언제나 그 힘이 약했다.

변덕은 선택지 앞에서 늘 좋은 결정을 하게 했다.
그래도 이것은 울타리가 되어 내 삶은 언제나 평안했다.

어느 날 나는 지난 날의 크고 작은 문제를 생각하다
나의 나의 거대한 무의식을 들여다봤고
그 속에서 내가 잊고 있었던 진짜들을 만나게 되었다.
거부할 수 없고 부정할 수 없는 나의 솔직한 세계에서
나는 많이 아팠다.
일부러 생각하지 않고 말하지 않았던 그것들은
스스로 선택한 침묵 속에서 거대하게
몸집을 키우고 있었다.
오랫동안 사랑에 큰 의미를 두지 않고도
가볍게 잘 살아온 것도 아마 이 때문이리라.

그 누구도 이성적으로
제대로 사랑하지 못하고 살아왔던 건
내 무의식에 내가 진짜 사랑하는 사람이
따로 있었기 때문이었다.
그가 버티고 있으니 다른 사람은 들어올 수 없다.

누굴 만나도 행복하지 않았던 이유
자꾸만 싸우고 헤어졌던 이유
헤어지고도 금방 잊어버렸던 이유
금방 새로운 사람을 만날 수 있었던 이유
누구에게도 연연해하지 않았던 이유
미련이 없었던 이유
그냥 혼자가 좋았던 이유

진짜 이유는 따로 있었다.

내 무의식에서 끊임없이 불고 있던 어느 태풍
내게는 정말 사랑하는 사람이 따로 있었다.
하지만 거절된 사람이라서
전자제품 끄듯이 마음을 종료시키고
절대로 입에 올리지 않겠다고 결심했더니
그는 무의식에 자리잡게 되었다.

그도 내가 자신을 사랑한다는 것은 알고 있다.
하지만 그럴 수 없다고 했다.

그리고 나는 고작 그에게
'조금 예쁜 여자'의 의미 정도밖에 안 된다.
예쁜 여자는 그냥 꽃 한송이처럼 사물에 지나지 않는다.
이제는 무의식을 정리해야 할 때다.

처음에는 내가 그를 사랑한다는 것 자체를 부정했다.
하지만 이제는 인정하기로 했다.
나는 그를 아주 많이 사랑했다.
하지만 연이 닿을 수 없는 사람이었다.
운명처럼 만나 아무 일 없이 멀어졌다.

사랑에는 유효기간이 있어서
언어로 발화가 되면 유기체처럼
생로병사의 과정을 거쳐
언젠가 소멸하게 되어 있다.
이제 사랑을 의식으로 불러냈으니
무의식에서의 영원으로 존재하지 못하고
의식에서 유한한 시간성을 가지면서
그에 대한 내 사랑도 소멸할 것이다.

태어나서 죽듯이.
꽃이 피고 지듯이.

그 시절 나는 꽃을 그리면서
그림의 제목에 사랑에 대한 의미를 부여했다.
그림을 본 사람들은 꽃이 슬퍼보인다고 했다.
그림 속에서 억눌러놓은 나의 무의식이
색과 형태로 표현이 되어
나는 그림 그리는 것을 좋아하게 되었다.
비언어적으로 말하는 모든 것들은 온전히 비밀이 된다.

그와는 연애를 하지 못해
추억도 없고 직접적으로 싸운 적도 없다.
그가 멀리서 비난하는 것을 알고 있었지만
모르는 척 했다.
그러다 보니 감정이 불변의 영속성을 지니게 되었다.
사랑도 연애의 과정을 거쳐야 변형이 되고
변심이 가능해진다.

그런데 그는 내가 변심한 것으로 착각하고 있다.
풀 수 없는 오해다.
내가 마음대로 좋아했으니
모든 것을 내 탓으로 돌리는 건
사실 나의 마지막 사랑일 뿐.

그 사람에게는
'사랑한다'
'미안하다'
이 말 외에는 할 말이 없다.

내 감정에 솔직해지니
비로소 나의 마음도 가벼워졌다.

이제 나의 사랑도 불변을 깨고 늙어가기를.

똑같은 꽃이라도
누군가에게는 피는 꽃이다.
누군가에는 지는 꽃이다.

## 쉬운 길

어려운 길로는 갈 필요가 없다.
쉬운 길이 인연이다.

나의 길에는 산들바람도 불고
하늘도 푸르고
꽃도 피어 있다.

이 길이 끊어지면
방향을 틀고
그러면
또 아름다운 길이 있다.

# 보고 싶다

특별한 사이가 아니라도 좋다.
아는 사이가 되어
그냥 가끔씩 보는 것만으로도 좋다.

사소하게 했던 재미있는 말을 기억하면서
그저그런 일상도 추억이 되는
당신과 함께 했던 시간.

당신에게 주어진 시간이 끝나
당신을 더이상 볼 수 없게 되어도
당신이 했던 유쾌한 말이
영원한 추억이 되어서
기분 좋은 그리움으로 남았다.

## 사라진 사람

사람이 이 세상에 할 수 있는
가장 잔인한 행동은
이 세상에서 없어지는 것이다.

그것은
우리가 우리를 사랑해야 하는
이유가 된다.

## 너의 따뜻함

누구도 너를 함부로 대할 권리가 없다.
무시할 권리도 없다.

너의 배려와
너의 미소
너의 따뜻함은
이 세상에 필요하다.

## 변심할 기회

평생 한 사람만 사랑하는 사람도 있다.
왜 그런가 했더니
더 사랑이 오지 않아서다.
그가 마음이 변하지 않은 게 아니라
아무도 채가지 않아서다.

불현듯 누군가 나타나 너 아니면 안 된다고
간절히 사랑하면
아마도 그는 갈걸?

## 화가 나서 했던 모든 것

그냥 화나서 한 말을
진심이라고 생각하지 말자.

화나게 해서
못된 말을 하게 해놓고
그 말에 모든 책임을 물어
훨훨 떠나간 적이 한두 번인가.

화나서 한 말은
진심이 아니다.

그런 말에 밑줄을 긋고
마음을 정리한 적이 더러 있었다.

## 당신의 가슴에 내가 나갈 출구를 만들었다

나는 언제나 자유롭고 싶어서
나를 좋아하는 사람이 생기면
그런데 나도 그 사람이 좋아지면
그럴 때는 사랑이 깊어지지 않게
그 사람이 나한테 정 뚝 떨어지게 만들어서
나를 멀리하게 만들고
그런데 나 혼자 좋아하다가
일정 시간이 지나면
훌쩍 떠나버리곤 했다.

누군가에게 큰 빈자리를 남기는 줄도 모르고
그냥 나 편한대로 그렇게 행동했다.

누구에게도 갇히고 싶지 않아서.

## 헤어졌는데 어째서 더 잘 살고 있지?

답답해서
그냥 좀 나가고 싶어서
새로워지고 싶어서
하고 싶은 것도 많아서
언제나 마음대로 쏘다녔는데
그게 누군가가 봤을 때는
배신감을 느끼게 하는 행동이었다.

나는 매번 행복을 찾으며 살았는데
내가 자기 없이도 잘 사는 모습을 보고
자신에게서 어떤 의미를 찾지 못하는 걸 보고.

## 내가 나를 사랑하는 일

사랑하는 이가
다른 이를 사랑하게 된다면
그것도 참을 수 없는데

그가 그 자신을 가장 사랑하며
사는 꼴은
진짜 보기 싫은 모양이다.

# 피드백

힘들고 어려운 일을 해낸 사람을 보면
시기 질투는 안 했으면 한다.
노력과 과정을 알고 나면
밥맛이 뚝 떨어질 거다.
그대로 인정해주고
칭찬해주면 된다.
간단하다.

그리고 그런 삶을 살고 있지 않음에
감사해야 한다.

# 작가는

작가는 진실로 자유로워야 한다.
학벌 따위 필요가 없고
자기를 위한 어떤 거창한 프레임도 필요없다.
그런 것 뒤에 숨으면 안 된다.

사람들은 글속에 진심과
자유를 알아본다.

인간적인 것이 예술이다.

때로는 진심은 비문이나
오문으로도 써진다.
진실한 단어는 오타일 수 있다.
틀린 띄어쓰기는 비규칙적인 호흡 같은 것이다.

## 너의 미소

나의 행복을 만들어가는데
너의 미소가 필요했다.
너를 웃게 하는
그런 노력이 필요했다.

내가 나를 위해 하는 노력은 쉬운데
너를 위해 하는 노력은 어렵다.
내 마음대로 되지 않으니.

너의 미소는
내 마음을 여는 열쇠다.

나의 행복을 완성하는 건 당신.

## 나를 잃은 사람들

친구와 이야기를 나누다가
문득 친구가
나에게 많이 맞춰주는 것을 느꼈다.

문득
친구가 나를 잃고 싶어하지 않는다는 것을 깨달았다.

나는 내가 놓친 것만 생각하고 살았다.
놓쳐버린 것은 정을 떼야 해서
미워할 때도 있었다.

살아오면서
내가 잃은 것보다
나를 잃게 된 사람들에 대해서 생각해 보았다.

나를 잃고 나서 아마 그들도 속상했을 것이다.

그 속상한 마음에 대해서 생각해보지 않고 살았다.

# 마지막

다들 마지막 사랑과
살고 있다.

혼자 사는 사람은
자기 자신을 가장 사랑하는 사람.

## 멀어진 사람

누군가와 가까워졌다가
멀어졌다.
누군가 나를 좋아했다가
싫어졌다.

모르는 사람보다 불편한 사람
하나 생겼다.

그래도 함께 했을 때의 시간이
얼마나 소중한지
깨닫게 되었다.

## 상호작용

내가 먼저 상대방을 많이 생각해주고
나를 낮추니

상대방도 내 마음을 살펴주고
배려해준다.

그러면서 말도 잘 통하고
서로의 뜻도 잘 전달되는 것 같다.

누군가가 나를 살뜰하게 대해주면
그것만큼 행복한 게 또 있을까.

사람 만나는 건 어려운 게 아니다.

## 예술이란

나는 언젠가 문학을 했지
원래 나는 문인이다.
그러면서 철학을 좋아하게 되고
예술을 사랑하게 되었다.
하지만 나는 언제나 문학에서 도망치고 싶어했다.
마음의 고통만 없다면, 문학은 하지 않을 텐데.
고통을 지우는 방법을 간절히 찾았다.
그러다 정말 행복에 이르게 되었고
남들이 이해하지 못하는
어려운 문장은 버리게 되었다.

상을 받기 위해 쓰는 글은 이제 쓰지 않는다.
난해한 문장으로 예술성에 도취되어
그럴 듯한 찬사같은 것도 기대하지 않는다.

아무도 읽어주지 않는 글은
감당하기 어려운 외로움이다.

당대에 인정받는 건 예술이 아니다.
지독하게 운이 좋은 경우를 제외하면 그냥 마케팅이다.
인생은 짧고 예술은 길다.
무엇이든 후대가 판단하는 것이다.

앞서 위대한 예술가들이 그러하듯
당대에 인정받지 못해야 진짜 예술이다.
예술은 반드시 시대를 앞서가야 한다.

띄우기로 스타를 만들 수 없다.
진짜 예술가는 때가 되면 섬광처럼 터지는 것이다.

그게 예술의 본질이다.

예술은 거대한 시간성을 가진
위대한 것이다.
독자는 과거에도 현재에도 그리고 미래에도 존재한다.

그러니 예술가는 살아있을 때
쓸데없는 것 신경쓰지 말고

온전히 행복해 하면서 예술을 하면 된다.

오늘 글을 쓰고
그림을 그릴 수 있음에 감사하고
정진한다.
그게 전부다.

진짜 인정은 죽고 나서 100년 후에나 받는 것이다.

**사랑하지만 그럴 수 없다**

초판 1쇄 발행 | 2025년 2월 20일

지은이 | 김지연
펴낸이 | 김지연
펴낸곳 | 마음세상

출판등록 | 제406-2011-000024호 (2011년 3월 7일)

ISBN | 979-11-5636-606-5(03810)

원고투고 | maumsesang2@nate.com

* 값 18,000원